The Perfect Present

El regalo perfecto

Le Cadeau Parfait

Language Codes

English   Español   Français

Dedicated to Mark...

*My loving, laughing, supportive
artistic, inspiring
hard-working
best friend.*

Dog and Cat are best friends.

Perro y Gata son mejores amigos.

Chien et Chatte sont les meilleurs amis.

Christmas is coming. Dog wants to do something special for Cat.

Se acerca la Navidad. Perro quiere hacer algo especial para Gata.

Noël approche. Chien veut faire quelque chose de spécial pour Chatte.

"I must buy the perfect present for Cat," says Dog.

—Yo debo comprar el regalo perfecto para Gata—dice Perro.

<< Je dois acheter le cadeau parfait pour Chatte >>, dit Chien.

Dog looks and looks for the perfect present.

Perro busca y busca el regalo perfecto.

Chien cherche et cherche le cadeau parfait.

Yarn? "No, she already has that," says Dog.
¿Hilo? —No, ella ya tiene eso—dice Perro.
Du fil ? << Non, elle a déjà ça >>, dit Chien.

A toy mouse? "No, she already has that," says Dog.

¿Un ratón de juguete? —No, ella ya tiene eso—dice Perro.

Une souris jouet ? « Non, elle a déjà ça », dit Chien.

At last, Dog finds a black collar with diamonds.

Por fin, Perro encuentra un collar negro de diamantes.

Enfin, Chien trouve un collier noir en diamants.

"How beautiful and fancy! She will love this," Dog says.

—¡Qué hermoso y elegante! A ella le encantará esto— Perro dice.

« Que c'est beau et élégant ! Elle adorera ça », Chien dit.

Dog spends all of his money to buy the collar.

Perro gasta todo su dinero para comprar el collar.

Chien dépense tout son argent pour acheter le collier.

On Christmas
Day, Dog
is very
nervous.

El día de
Navidad, Perro
está muy
nervioso.

Le jour de
Noël, Chien
est très
nerveux.

He does not sing.
Él no canta.
Il ne chante pas.

Dog does not eat.

Perro no come.

Chien ne mange pas.

He does not play!
¡Él no juega!
Il ne joue pas !

Dog is too
worried.
Will Cat like
the collar?

Perro está
demasiado
preocupado.
¿Le va a gustar
a Gata
el collar?

Chien est trop
inquiet.
Aimera-Chatte
le collier ?

Finally, Cat opens
Dog's present...

Finalmente, Gata abre
el regalo de Perro...

Finalement, Chatte ouvre
le cadeau de Chien...

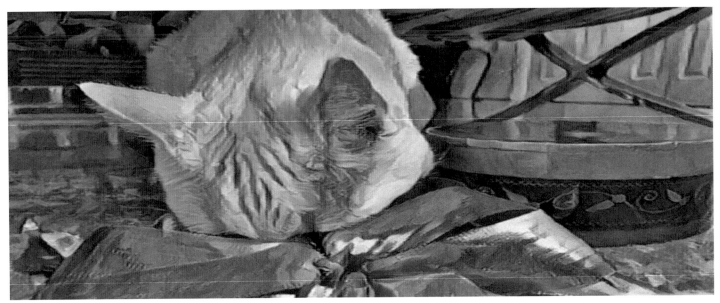

Cat shouts, "I LOVE IT!"
She puts on the present to show Dog...

Gata grita —¡ME ENCANTA!—
Ella se pone el regalo para mostrar a Perro...

Chatte crie : ‹‹ J'ADORE ÇA ! ››
Elle met le cadeau pour montrer à Chien...

Dog realizes that Cat thinks the *bow* is the present, not the collar!

Perro se da cuenta de que Gata piensa que el *moño* es el regalo, ¡no el collar!

Chien se rend compte que Chatte pense que le *nœud* est le cadeau, pas le collier !

Then, Dog realizes that fancy presents are not important.

Entonces, Perro se da cuenta de que los regalos de lujo no son importantes.

Puis, Chien se rend compte que les cadeaux de luxe ne sont pas importants.

The most important thing is spending time with the people you love.

Lo más importante es pasar el tiempo con las personas que tú quieres.

La chose la plus importante est de passer du temps avec les personnes qu'on aime.

Merry Christmas!
¡Feliz Navidad!
Joyeux Noël !

Made in the USA
Columbia, SC
01 December 2020

26019770R00015